陸之駿

詩集

江山剩此樓

序　不必帶傘，我想去看看

溫任平

一、敘事式抒情

陸之駿從二〇一五年，即自覺地、努力地嘗試走出一條現代詩的路。他有很強的敘事能力，他勇於任事而日常事務又那麼多而繁瑣，其實不容易熬詩，更別說醞詩了。

人格有兩面性，他的人格屬於多面性，我們都喜歡寶石，都對知識好奇。是彼此對事物的著迷，使我們能持續鑽研並且保持耐性；是彼此對未知的拓展的衝決，使我評論他的作品成為一種可能。

這三十多年來，我替個人集與大塊頭的詩選與散文選，寫過幾十篇長短不一的序，眉頭從未皺過。這次是自一九七八年為《紫一思詩選》

寫第一篇序文以來，最艱難的挑戰。

陸之駿的語言穩定而靜，這種穩定、時而押韻的文字佈展，令人聯想到大陸詩人白樺。一九三〇年出生的白樺押韻遠較之駿頻仍，他的詩近百行，有些是朗誦詩，重音色節奏。可能因為這樣，白樺喜每行押或隔行押，享受聲音不斷迴響的美感歡愉；陸之駿不怎麼樣刻意押韻，似乎故意把這種愉悅延宕（pleasure moratorium），行與行隔得遠些，此起彼落，此響彼應。

他們兩人的詩都相當散文化，白樺的名作〈情思〉以韻推動，以敘事抒情，語調激動：

李白扔掉了官錦袍和唐明皇，／縱飲在酒旗飄蕩的路上；／他把愛沉浸在酒泉和淚泉之中，／生命的最後瞬間是在水裡捕捉月光……貧困潦倒的杜子美，／卻在破碎的國土上終生栽種著希望；／在顛沛流離的人群中的嘆息和歌吟，／成為傳頌千古的絕唱。

相較之下，陸之駿的敘事是「信步而行」，韻腳信手拈來：

〈去看燕子〉

前兩天才牽著小手，送你／第一天上學；今天放學，怎麼／就故意走到咫尺外的天涯／心事重重，低頭不語

這時一陣莫名的風徐徐而來／回家巷衖向晚中蕭瑟／巨大玻璃帷幕餘暉曲折掙扎／曲徑通幽處，霓虹亮起

敘事也帶動抒情，散文的記述（記述：我家門前有兩盆花；敘述：一盆是杜鵑，另一盆是水仙）無法避免，亦無需刻意躲避。怎樣利用詩的散文性，寫出抒情佳作，艾青、白樺、管管、羅青可以為例。

敘事與抒情的辨證關係，說來話長，陳世驤論中國文學的抒情傳統，見諸一九七二年台灣志文出版社印行的《陳世驤文存》。記得書出版之前，我在林海音主編的《純文學》月刊有緣先行拜讀。

讀之駿敘事，而又是散文式的敘事（交代得太清楚），時常使我感覺到我們（他與我）的異同，相異與相同都源自對詩語言的態度與要求。

這話說得含糊而抽象，要之：陸之駿的描述目標明確，不一定呈線性發展，但是在常識上都合情合理，甚至合乎邏輯順序。他把「非詩」

逼成「詩」，方法是利用思維的急轉彎，把散文提升至詩境，這方面的例子，約佔了他的這部八十五首的詩集的四份之三。試信手拈來一首十多行的作品，詩成於二〇一九年初：「他種的紫藤還沒開花／但已經蔓藤一架／緋寒櫻這時落葉殆盡／滿樹含苞，等待春天到來／／我應該快樂的／但快樂不起來／眼睜睜看著天色向晚／華燈在山頂忽然初上／／這裡沒有風／是全城最隱蔽的溫暖／夜色像霧一般瀰漫／一時之間，找不到山門」（〈圓通巖下〉）

華燈初上，「一時之間，找不到山門」是一個重要的邏輯轉折（反邏輯），燈光亮摸不到門，這不就是陸之駿詩經常出現的悖論「黑夜比白天更光明」（〈二月二〉）嗎？他用矛盾情境的矛盾語勢讓散文成詩。美國耶魯大學結構主義的巨擘 Cleanth Brooks 與 Robert C. Warren 都強調過「詩是矛盾語」，這兒再舉一例：

走過這段路，才知道／這段路，不遠也不近／可能三年猛攻上不了山／可以月圓月缺就到彼岸

——〈遠望坑上埡口〉

而矛盾語言經常是一種語言機智的體現，一個葷笑話，一個香港式爛gag也用到語言機智。可語言機智也可以與高度嚴肅（Wit and High Seriousness）結合共生，（詳讀 Cleanth Brooks 的 *Modern Poetryand The Tradition* 第二章，頁十八－三十八）。

二、向四聖取經

之駿學詩，從唐詩得到不少啟示，就我所知，他特喜歡李白、杜甫、李商隱、白居易，這四大詩人反映了唐詩律絕的四種主要風格。李白的狂放飄逸、杜甫的厚重沉鬱、李義山的隱匿書寫近乎西方的象徵主義、白居易的「歌詩合為事而作」的人文關懷，這成了陸之駿習詩的四層鋪墊。

我提「重現盛唐」是回到當年那種創作日常化的熱情與習尚。之駿力攻四大名家是不偏不倚企圖找出龐德（Ezra Pound）漢語詩學的「中庸之道」。這兒的「中庸之道」並非龐德對「中」象形指事的一閃靈機，亦非世俗的鄉愿主義，而是基本上收斂，時而放逸的語言情緒控制。用隱匿的敘事，故事的真假難辨，也可以反映政治的粗糙與詭異。之駿的人文主義與現實主義，受到白居易的啟發不少。

陸之駿曾花了頗長的時間研究杜甫七律〈秋興〉八首，我常笑言之駿的作品，是他於秋晨或傍晚的筆記。他過去常步行台北於陽明山，近兩年屐印出現在桃園中壢青埔的老街溪。地靈人傑，非但花草樹木經常為他帶路，且乎大自然的精靈也走進他的詩裡。

植物的變化，植物花草孕育隱藏的天地靈機，一般人的感受可能是「大自然最親切」。對敏感度高的人，感受則可能難以名狀。像下面這首詩的末節八行：

我趕到時已滿地殘果／踐踏與雨水把幽徑渲染得像血跡／樹上一
顆都沒有／提早結果的楊梅提早墜落
微微的風滾動著乾透的那幾顆／彷彿盤旋著要飄起來／想像著咀
嚼時那種酸酸的味道／我硬生生把想像吞了下去

——〈薰風〉

作為一個詩的讀者、作者、評鑒者，令我既吃驚又難過的是這樣的矛盾句：「提早結果的楊梅提早墜落」，內容既真實而又殘酷。之駿的詩在逆風中走索。我的詩語言，不怎麼樣走之駿的散文策略，我喜歡把漢語陌生化（想像一下上個世紀七〇年代，大家得面對西方著作的那種拗口的中譯），二〇二一的今天，我們的英譯中已不知改進、優化了多少。我不用那種譯文體，而是在語文裡作實驗式的翻轉，在詩語言要垮跌的臨界把它穩住，讓語句爆發詩的火花。

我們的實驗方式不同，和而不同，語言必須磨練、淬礪，條條大路可以通羅馬，就這點認知，我們是相同的。

三、小說性與戲劇性

前面我提到之駿的語言穩靜，他的策略是以靜制動，可靜態的詩寫多了容易流於遲滯，此所以讀王維的「空山不見人，但聞人語響。返景入深林，復照青苔上。」讀累了，讀者要來一點李白的expresso：「仰天大笑出門去，我輩豈是蓬蒿人」，或者是來一盞太白牌凍啤「兩岸猿聲啼不住，輕舟已過萬重山」。

陸之駿走出靜態活動，佈局寫歷史故事，他準備送一榆一櫸給老友許長仁，就我的揣測，已萌逾矩初念。繼許長仁之後，他寫蕭道應，詩的故事用附註說明，詩中第四節寫得恰如其分：「轉頭說起關到第三年，那種絕望／絕望到能背誦牢房陰暗角落／蜘蛛結網全程，一絲一線交錯網羅／反覆推敲誰出賣了天亮時的曙光」，接下來去的八行由於作者難掩悲憤，似乎露與怒多了些，聲音與憤怒（Sound and fury）強烈，稍稍缺乏古典的抑制。艾略特言「躲避情緒」（run away from emotionality），有它一定的道理。

終於之駿以講一個歷史事件的方式，寫詩集的主題詩：

我在那條有點曲折的街上／想像那天、事件，有多離奇
隔天早上，晴，鐃鈸和鑼鼓／舊市場普願宮集合／沿著北街中
街，轉經六館、圓環／一路向南，承恩門進城，直奔本町
城牆早在幾十年前，拆除殆盡／火勢第一次燒進城裡／嗩吶鼓吹
殺人償命／廣播使整個島嶼沸騰

我趕到時／只剩／槍決子彈灼穿的血衣／掛在玻璃隔絕的展示櫃裡
樟腦掩不住陳舊腥味／聽說賣菸那女人，白皙素淨／當天沒被打
死；背負著禁忌／比經年氣喘更加折騰／十一年後，六脈皆弦
臭耳的事，鮮少被提及／遊行的街改名迪化，烏魯木齊／三十六
角頭隱姓埋名／抄家坐獄，或粉墨偷生
常客多屬亡魂／士農工商，全部無名／街勢往東退怯，紅燈昏沉
／幾個老娼竊竊私語
江山剩此樓；我只記得／清末廖錫恩這一句

——〈江山剩此樓〉

故事以懸疑甚至推理的方式進行，它是一首可以改編成電影的詩。〈江山剩此樓〉一詩，情節曲折，過程離奇，懸宕感十足，充滿了驚悸。我以為之駿詩的懸疑，適足於沖淡這首詩的「火爆情緒」，使一首可能是熱辣辣的政治詩，變成一則街坊鄰居議論的稗官野史。全詩的戲劇性，它的戲劇張力，厚顏地說一句，那個皮膚白皙素淨心的賣菸女子，真的令人牽腸掛肚。

可能正是這個令人牽腸掛肚的原因，兩年半之後的二〇一九年十一月，詩人寫〈大東路五十四號〉，我主觀的以為那是〈江山剩此樓〉的另一變奏。大東路五十四號是一棟有十一進的古老巨宅，詩中的人物作歷史地誌書寫，發現老宅只剩四進，我沒來由地想起，當年上海西區極司菲爾路七十六號特務機關（前安徽省主席陳調元的公館）與漢奸李士群。當年中日之間諜影幢幢，懸疑驚悚。陸之駿的大東路五十四號，民初格調，雖然年份清楚註明一九四七年。甚至那個喜孜孜的女人，我也看到民國初年的背景，早年張愛玲的影子：革命，逃亡，特務，婚姻，通敵，期待。李士群的極司菲爾路七十六號只是遙遠的聯想，〈大東路五十四號〉與〈傾城之戀〉則有「互文性」（intertextuality）以及互文性帶出的文學趣味：

四十年後重返老宅，她像喜鵲／雀躍描述十一進有多深遠氣派
我卻怎麼數也只數到四或五進／就被一條古老的長巷截斷／怎麼
推敲都找不到，她說的／從二樓直達屋外的逃亡秘道
她說的一九四七年春之前，我／在很久很久以後的三十多年後／

恍然大悟：那時她十七、八歲／新婚；革命；逃亡她的青春戛然而止，歲月繼續奔流／最初在牢裡，等待；等待到／事隔一年捎來丈夫槍斃的消息／期盼中的解放始終沒有發生聽說她出獄後曾嫁過一個特務／許多人如此，生活必須奔流／四十年後重返老宅，她像喜鵲／這是裝不出來的少女情懷我坐在改造成泰式餐廳的老宅／突然想起和她重訪的往事／已經三十多年，往事如煙／或許她早已死了，只剩故事一隻喜鵲飛到窗外後院，叫聲呀呀／後門以後彷彿還有門，並非無望

——〈大東路五十四號〉

用故事、軼聞、友情……寫的另一則〈一九八四〉輕鬆太多：〈一九八四——寫給大俠謝建平〉看了忍不住要笑。這是鬧劇、笑劇、政治動畫、警察追匪劇。它把一場政治挑釁，寫成一齣官兵抓賊的遊戲，這是另一種方式的run away from emotionality，讓事件放在回憶的背景，成了一方緝拿、一方逃躲的喜劇。

且看二〇二一年三月陸之駿的新作：

剛剛我是路上被車擠的人／現在我開車擠人；上樓／提著大包小
包；取車；下樓／短短五分鐘，天翻地覆
中午收攤的時候，清淡的／努力叫賣出清；生意好的／坐在麵攤
把餛飩吹涼／麵攤開到最後——最後／清潔工慢慢打掃
開車擠人，我想起剛剛／光顧麵攤——剛剛才被光顧／菜市場是我
的遊樂場／菜市場是他們的全世界／供需理論，在這裡活蹦亂跳

——〈菜市場〉

陸之駿開始轉軚，從直線式敘事（linear narrative）——一切從開頭講起，有條有理——轉而在〈菜市場〉嘗試「中間突破」（in media res），陸之駿熟稔動靜美學，大多數時候，他是以靜制動，以動襯靜，他把自己好玩的本性馴服了，至少是按捺住。在詩集的八十五首詩中，只有幾首類近歡樂頌的作品在不經意的情況下流露出來。〈山裡的安全會議〉，八棵大樹在開會，大家都知道八棵大樹是八個顢頇老頭的代喻

或「曲喻」（metonymy），就寫得十分生動、活潑、有趣。

至於他寫成於二〇二一年五月的作品，我稱之為意想不到的壓軸作，最末兩節寫得任性，最末三行簡直有點孩子氣：

我決定不帶傘，賭一賭
命運；憂鬱的天空變幻莫測
這只是五月，我思考著
秋天或春天的善變，以及
多年不曾造訪的颱風來襲
現在是不是浪很大？
我想去看看；不必帶傘
就去看看

——〈陣雨〉

詩的成熟，不在於老化，老化是真正地老了、殘障、套路，不斷而又不自覺地抄襲自己。創作歷程由淺入深，開始沒有風格，有了一些把握之後，就循著爬山的慣路逕走，以為自己很高明。其實繁複不代表高明，它的危險是走向蕪雜。只有回到初心，初心有玩樂、撒野、頑皮的心理因素。「現在是不是浪很大？／我想去看看；不必帶傘／就去看看」，沒有深字深詞，小五的學生都懂的詞彙。孩子的童騃與堅持，讓詩抓到一九四八年詩人林庚提的「詩的活力與詩原質」。忝為序。

寫成於二〇二一年七月二日，雪隆隔日進入只許一人出門購物，一人一車，晚上八點宵禁的最嚴厲行動管制階段。

序　青埔之駿

林建國

一

之駿寫詩起步甚早，青少年時已在文藝副刊上發表詩作共數十首。我們負笈台灣前夕，他將各詩剪報影印成冊，分送師長友人。母校一位校董伉儷曾經留學成大，邀請了我們與父母到他家中為我們餞行。校董住的美式庭院座落在一家跨國企業的宿舍區內，雞犬相聞的馬來村落就在外圍，隔著一條濱海公路便是馬六甲海峽。猶記得當天午後的陽光斜斜照進飯廳的落地窗內，閒談之中，提到了之駿自印的詩集。之駿尊翁剛從母校卸下校長職務，早歲亦曾留台。我們聽著大人談起留學往事，對台灣更加嚮往。總之，當天就是這麼一個奇異的組合：美式庭院、馬來甘榜、海灘、夕照、台灣，以及之駿的詩。

之駿那本自印詩集充滿了對台灣的想像。詩作中濃濃的中國風——飛簷、雕欄、燈籠、書法，流暢俐落的漢語，與我們當時身處的前殖民地熱帶國度沒有關係。沒有關係的，還有在地的公立大學：其入學申請手續之繁複極其卡夫卡，有如一座走不進去的城堡。各個科系俱被馬來權貴子弟佔滿，只剩中文系留有名額。留在馬來西亞念中文，不如直接去台灣讀大學。於是，台灣代表的不僅是中國文化的正統，還有高教資源。只是當時我們根本分不清楚：在台灣，作為黨國符號的中國，以及作為文化積累的中國，兩者有何差別？

時序快轉到今天，政治符號的中國，一如領袖的銅像，已被台灣人拆除殆盡；而文化的中國，早已如王謝堂前的燕子，飛入尋常百姓家，日子久了，成為台灣生活裡的日常，人們自在地浸潤其中。不變的是，這份文化積累仍是珍貴資源，在地人或許不察，但來自馬來西亞的我們，仍然對它懷有錢穆所說的溫情與敬意。

之駿當年詩作裡的中國風，對於在台這支文化積累發出禮讚，不無反映大馬華人的集體投射，這點台灣人或難理解。來台之後，幾經多次搬遷，之駿這本自印詩集被我遺失，我深以為憾，因為他的詩作銘刻了當年記憶裡的那個氛圍。作者自己似乎也未留存。即使留存，也是明日黃花，他的思想立場，歷經台灣本土政治主張幾度翻洗，早已回不去了。

二

來台之後，我們兩人有如各自揚帆在藍海上，再被一陣大風吹散。我在保守的師範體系裡求學，之駿則就讀陽明山上最高學府，那裡人來人往，各色江湖人等一應俱全。後來他投身台灣的反對運動，此時已有跡可循。兩個校園，決定了我們往後不同的人生道路。

沒想到中年以後，之駿回頭寫詩。詩有多種寫法，有的限於塗鴉、文字遊戲，有的藉詩成就功名。之駿則是非常認真，他投身反對運動數十年之後急流勇退，回歸創作，所經歷的思想轉折，肯定非比尋常。其時，之駿已攜眷避居桃園青埔。我說避居，因為青埔當時是甫開發的新市鎮，仍留下一片田野，遠離台北城的喧囂。高鐵雖設站在此，接待的是匆匆旅人，他們泰半為了進出桃園機場而來，並不久留。夜晚的青埔，除了附近賣場與棒球場偶爾帶來的人潮，無疑是寧靜的，適合避居。

數度路經青埔，總覺得這一帶文化氣息闕如，既無美術館、演奏廳，甚至沒有電影院。顯然我忘了，「埔」指平坦之地，樓房拔地而起之前，此地曾是良田與埤塘。正是之駿詩作，讓我驚覺自己只在意抽象意義的文化符號，只從學術廟堂的視角睥睨這片靜默的田園。之駿過去從事反對運動，反而能從庶民角度，立在廣袤的土地上遙望地平線。青埔地面上的蟲鳥植被，一一被他寫進詩裡。我未能瞭解的青埔，如今由一位青埔詩人為我解說。時間被他展延，我卻有如高速駛過的列車，一時還看不清楚他的世界。

三

之駿給我的衝擊，在於我們應該如何重新思考詩人的經驗。艾略特在〈傳統與個人才具〉寫道，詩人作為「藝術家發展的過程」是「繼續不斷地泯除自己的個性」的過程。亦即詩人自己認為「重要的印象和經驗，在詩裡面或許並不佔有什麼地位」（夏濟安譯文），反而必須被藝術徹底消化之後，成為藝術經驗才能算數。換言之，詩人如寫青埔，此地進入詩作之後，必須是藝術鍛造之後的青埔；讀者領略的這個地方須是藝術經驗，非屬任何個人——包括詩人在內——的情感。艾略特當年這番話有其特定的打擊對象，尤其針對的是浪漫詩人如雪萊一些情感一瀉千里之作。雪萊當年確實寫過不思鍛造的劣作，問題是，當我們能配合著他成功的詩作，去作「無分別心」的閱讀，詩人作為人的熱情卻更能清楚可感。

易言之，艾略特對於藝術加工的堅持即便有其道理，廣受批評家們採納，用以評斷與他同代的詩人如葉慈，也不盡然適合。尤其葉慈不少情詩、政治詩、應景詩等，沒有太多斧鑿痕跡，讀來卻依舊令人動容。顯見詩人經驗的傳達，關乎藝術加工，也並非全在藝術加工，實情恐怕還要更複雜一點。

回到之駿詩作，採用艾略特的讀法是可行的，何況之駿也交出一筆好成績。但我沒刻意遵照艾氏方法閱讀其作，另有其他原因。首先，他的詩作並不為發表而寫，有如當年的艾蜜莉．狄金生，寫詩只是為了與宇宙對話。之駿詩作除了部分是為特定對象（如故友）與不特定的「你」而寫之外，餘者盡寫花鳥樹木、水圳田塹，人世間的紛擾全都撤退到地平線外，彷彿他作的是某種無對象書寫。就我認識的之駿，這點極不尋常。之駿為人海派，聊天是他的長項，詼諧與笑聲不斷，足見他與眾友人之間毫無距離。詩中，獨自佇立田園之中的之駿，是我完全不知道的另一面。那裡，他下筆神速，有如速記一般，記下剎那間他與天地交會的感悟。有時或許下筆太快，或是急於追捕稍縱即逝的思緒，文字未見太多琢磨，一如閃電打在花崗岩上，焦黑的燒痕未依黃金比例分佈，反讓大自然留下雄偉的印記。

文字未見太多琢磨的意思，指的是詩作呈現某種未完成的狀態。這點與詩人才情無關，而是關乎詩人的抉擇。這些詩作既然未必要作發表，詩評家的注目便非首要考量。既是受到大自然驅動之下的速寫，而非畫室裡作的工筆畫，閱讀時，我感受到詩人沒被泯除的個性。

當然，還有一些詩作，詩人的個人經驗未被徹底地藝術化，則有其技術上的理由：中文詩人都要面對古典語彙與現代口語該如何無縫密合的問題。其中牽涉種種技術問題的克服，稜稜角角在所難免，之駿詩作亦無法例外。他成功的實驗之中，最出色的幾首要數〈秘色〉、〈前夕有雨〉、〈許顏橋〉、〈回暖〉、〈秋末那幾天〉與〈迷路〉等作，且不限此數例。〈和李白的〈靜夜思〉〉更是挑明要與古典傳統打個照面，詩中「不敢低頭／不堪回首」，一句白話、一句文言，道盡了所有酸楚。不敢低頭，因為不敢思念故鄉，不堪回首則因往事已矣，一切無法回頭。文白之間如此密合，雖然寫得即興，依然留下未盡的餘韻。

全書壓軸之作應數〈薰風〉。此詩首節寫山風，次節寫樹林，三節描繪血月，末節寫滿地殘果，層層推進，是個充滿轉折與意外的結構。一如其他詩作，文字要再加琢磨未嘗不可，但是已不需要。詩藝若太過工筆，恐怕還傷了詩中早已完備的思緒。正因情緒完整，〈薰風〉更勝其他短詩一籌，詩中有篇幅夠長的結構，將青埔一地的山林與天象鎔鑄成為一塊，成就了艾略特所說的，藉由藝術克服個人經驗。但是此詩成功，也因為並未與艾略特同調，詩人的青埔經驗畢竟還是詩的主角。經此〈薰風〉，青埔有了不同的地平線。

寫序此刻，詩人早已遠行，天地之間杳無蹤跡。最好的追懷方式，應是依循詩人在詩中為我們鋪下的行走途徑，一路溫習他細細記下的花鳥與樹木，血月以及殘果。詩的青埔是之駿留給世人美好的禮物。他走時匆忙，忘了說再見，唯獨留下的是這份深情的禮讚。

二〇二一年十一月

序

周奕成

詩人是異人。他也是才子、學者、謀士、說客、遊商、廚師、藏家。七月，大疫二年，詩人寄來詩集稿，要我作序。我說，一篇平庸的序可能壞了一本好詩。詩人堅持。要我談談那些來自一九二〇年代的信息。

這些年，我們再一次
經歷甲午乙未戊戌庚子
情節不盡相同
遽變一致，倉皇邁入
他念茲在茲的二〇年代

「有些基本問題還沒解決……」
冬陽下午，他聲音沙啞
失神鬱鬱——有些話
沒說出口，只委婉拒絕
可能、但我不會提出的邀約

——〈立春〉

我和詩人的少年到中年，有一些隨機隨緣卻意味深長的連繫。二十歲，我們在草山溫泉池飲酒；五十歲，我們在大稻埕碼頭喝茶。當我閱讀這部詩集的每一首，我了解到這是他半生故事的總結。雖然是近幾年的詩作，卻回顧了三十載，這使得我更難以為這部詩集作序，因為這好像必須談一個活過好幾個人生的人。

每首詩都是故事。

從我們在少年時代得知的被掩蓋隱藏的時代開始。

我在那條有點曲折的街上／想像那天、事件，有多離奇
隔天早上，晴，鐃鈸和鑼鼓／舊市場普願宮集合／沿著北街中
街，轉經六館、圓環／一路向南，承恩門進城，直奔本町

——〈江山剩此樓〉

這部詩集，涵蓋了那些從少年到中年的事。有些我得悉。有些我未曾與聞，但那種氣息，我們這一代的男子知道。

那年、鹹鹹海風，咕咾石上／與夕陽浪花一起壁畫／一個新時代
的來臨
我們沒有成功／沉淪在情慾、暗黑與金權的夢境／用青春書寫截
然迴異的劇情／我在異鄉落地／你在緋櫻盛開時遠走他鄉

——〈相約〉

那些是我所熟悉但說不出的生命情調，我所好奇而嚮往的陌生地方，我們共同沉浸泅泳的時代。

明日冬至，我和詩人臨時／約在蘇丹街芳苑海鮮／一碟滑蛋河，
一碟福建麵／腐椒炒芥蘭，莧菜煮上湯
今天主題不是詩，我們／匆匆談一件江湖恩怨：／paper company、
偽造文書、假處分／談話時間極短，劇情緊湊／十幾年情仇，半
小時帶過

——〈冬至前夜——與詩人黃昏星相約蘇丹街〉

直到八月，詩人把自己活成了一部敘事詩。在這大疫二年，全人類的歷史劇裡。

震驚之外，我一直在尋思，是怎樣的因果，讓詩人以這樣的方式走進大時代。

第一個走的時候／是有眼淚的／處暑天地始肅，黑衣沉重／漸爾
像節日，只不定期／儀軌之後的盛宴／成為重中之重
開始害怕留到最後／傳說會愈縮愈小／愈縮愈小，最後／自己遺

忘自己／再沒人在日益清冷的餐後／摘七片榕葉，搓一搓，道別

——〈吳茱萸〉

寫這序就更艱難，是不可能的任務。因為讀懂這部詩集，已經變成解一個巨大的謎。

但我不應該把詩集的序寫成對詩人的思念。只有讓他自己的詩，詮釋他自己的詩。

大河小說就這樣流進瓶裡／瓶底落款是僅見的文字／其餘告白盡
在憂鬱的青藍當中／在我漸漸記不得確切顏色的時候／那抹玫瑰
紫忽然鮮豔亮麗

——〈鈞瓶底款〉

二〇二一年十一月

目次

序　不必帶傘，我想去看看／溫任平　3
序　青埔之駿／林建國　17
序／周奕成　25

輯一　鈞瓶底款　2015-2016年

一寸三彎　40
踰矩——詩贈許長仁　42
惘園即景　44
鈞瓶底款　46
相約　50
攀扎　52
去看燕子　54

秘色 56
路環紀行 58
遊山 60
秋天的約會 62
伏水 64
冬至前夜——與詩人黃昏星相約蘇丹街 65

輯二　江山剩此樓　2017年

黃金麻雀 68
無題 70
江山剩此樓 72
分水崙 76
風稜石 77
寅時讀八大 78
遠望坑上埡口 80

迷路 82
前夕有雨 84
許顏橋 86

輯三　一九八四 2018年

春分那天的菩提樹 90
老梅綠石槽 92
吳茱萸 94
山裡的安全會議 96
散步石梯嶺 99
魚路——寫簡大獅，寫自己 101
秋雨將臨——校閱溫任平詩集《教授等雨停》 103
秋蟲與台灣欒樹 105
迴廊無語 107
幾番酒醉，天就亮了 109

日暮 110
一九八四——寫給大俠謝建平 112

輯四 大東路五十四號 2019年

圓通巖下 116
回暖 118
我們一起去看燕子 120
惡月 122
島唄——寫香港，寫台灣 124
流光飄忽 126
上海散步 128
白鷺——搬到青埔第一夜 130
忘記香港 132
大東路五十四號 134
秋末那幾天——懷故友阮大方 137

干支紀年 139

輯五 頂義合 2020上半年

香天 144
頂義合 146
散步，年前 148
看鷺 149
人日 151
二月二 153
偶書 155
黃經三百三 156
和李白〈靜夜思〉 158
驚蟄 159
六爻 160
齊鳴 161

輯六　一城苦楝

2020下半年

門口　164
我在樓下　165
風騷　166
緬槴勉強開花　167
霜降萋萋　169
傾聽黑暗　170
中秋入夜　171
七句　172
陽光雨　173
夜深鷺鳴　174
一城苦楝　175

輯七　鍾善坤　2021上半年

迷路　178
冬天的老街溪　180
歲末寫歲月　181
立春　182
驚醒　184
霧點　186
菜市場　188
鍾善坤　190
一代人——寫給顧城　192
窗外　193
出門　195
薰風　196
夏夜　200

辛丑槐月　201
陣雨　202
代後記
——附　陸之駿〈後記：下一個開始〉草稿／陸喬方　204

輯一

釣瓶底款

2015-2016年

一寸三彎

記憶像盆景，修修剪剪
新梢抹短，桀驁枝幹紮形
年復一年澆提盤根錯節
歲月漸次縮小、完美
定格一缽天圓地方

一截數十年的歷史
可以俯察，可以仰望
可以瞻前顧後
挑剔或溢美，任憑月旦

大體要求佈局合理，虛實參半
枝枝節節紅花綠葉不必計較

後手自有言詮，只要
樹還活著，不容也毋庸置喙

二〇一五年十一月二十七日

踰矩

——詩贈許長仁

我買了兩棵盆栽
迎接二十年後從心所欲
一楡一櫸
準備踰矩

想起你跨年後搭捷運，悠遊卡
逼逼逼三聲
身心毫無障礙
你的七十，只剩五年
我應該把楡、櫸先送給你

我們一生膽大
恣意放蕩
不管盆子大小，隱芽一受刺激
徒長枝迅速生長

二〇一五年十二月一日

惘園即景

事隔多年，我才明白
老圃裡種的，其實
是一本字典、一部百科全書

英格蘭玫瑰，荷蘭鬱金香
亞馬遜雨林蟹爪蘭
非洲菊、塔斯馬尼亞密藏花
當然木槿：無窮花或大紅花
當然少不了，山茶的哀愁

老圃是一種情懷
溫室小周天盡情春夏秋冬

櫻桃與山竹相隔一片毛玻璃
花灑折射出七彩虹光

幾乎忘記，角落
單憑水墨深淺
就能表白的素心蘭
彷彿八大爹爹幾筆

二〇一五年十二月八日

備註：世間並無一處名稱「惘園」；「只是當時已惘然」，惘園無處不在。

鈞瓶底款

印象只剩一只花瓶，青藍色系
似乎鈞窯；釉凝厚，血淚散落有致
天青、石綠或秋香都不無可能
反正憂悶鬱結，絕非清朗

剛上手那幾天，你欲言又止
琢磨這形制，像貫耳瓶卻無耳
像鴨梨，氣沉丹田，瓶頸卻伸得
太長；難以論定，喃喃自語

大河小說就這樣流進瓶裡
印象中沒插過鮮花，逕自把玩
拉坯時轆轤踢煞分寸拿捏

想像窯溫徐徐火熱緩緩冷凝
對於「自新」，沒多著墨
輕描淡寫：我們不夠了解

轉頭說起關到第三年，那種絕望
絕望到能背誦牢房陰暗角落
蜘蛛結網全程，一絲一線交錯網羅
反覆推敲誰出賣了天亮時的曙光

同樣是三年，堅守在山麓蛇窯
四下荒煙蔓草，有時候想起
褪下的白袍，塵封網罟成灰
緊握的槍在夢境裡彷彿聽診器
忐忑敲打著不見天日的耳鼓
迄至重重謎團中被捕

其後半世紀緘默，從未辯白
只在屍骨中推定他殺、意外或自絕
無關左右、過去、未來，只介意
轉速，轆轤徐急與力道

瓶底落款是僅見的文字
其餘告白，盡在憂鬱的青藍當中
在我漸漸記不得確切顏色的時候
那抹玫塊紫忽然鮮艷亮麗

二〇一五年十二月十八日

附記：數十年來，總莫名其妙忽然想起蕭道應故事。我對這位先生的印象，肇始於他送給政治犯詩人林華洲的一只花瓶。當時我什麼都不懂什麼都沒問，華洲先生也沒多說。後來才知道這位老醫生，台北帝大第一屆畢業，赴中國抗日被國軍逮捕，一九四五年返台任台大醫學院法醫科主任，二二八後成為中共地下黨員，與同班同學許強影響多位台大醫師參加革命，一九五〇年台大醫院五一三白色恐怖事件後，逃匿苗栗山區打游擊，迄至一九五二年被捕、「自新」。後在調查局任法醫，知名法醫楊日松等均為其門生。晚年在通化街一號行醫看診，醉心陶藝，二〇〇二年政黨輪替後逝世。他一生傳奇，實在是電影好題材，可惜我的印象，只剩那只花瓶，應該是青藍色系、鈞窯風格。

補述一背景：一九五〇年大規模肅清「匪黨」，一說因為中共地下黨台灣領導人蔡孝乾被捕後供出組織名單。此節或許與蕭後來轉向有關。風流倜儻的蔡孝乾故事，又是另一齣好電影題材。

相約

手機忽然重逢，掐指一算六年
也在忽冷忽熱的冬至前後
酣醉忘記道別，從此動如參商

旁人頗難理解我們的恩怨情仇
我倒是記憶清楚：
那年、鹹鹹海風，咕咾石上
與夕陽浪花一起擘畫
一個新時代的來臨

我們沒有成功
沉淪在情慾、暗黑與金權的夢境
用青春書寫截然迥異的劇情

我在異鄉落地
你在緋櫻盛開時遠走他鄉

我們彷彿曾經反覆對立、合作
再度對立、再度合作
很多人以為我們互相鄙夷怨懟
其實我只記得一些
一起吃飯喝酒的美麗枝節

相約三天後台北不見不散
突然想起這些
想起這些，只期待好好共醉一場

二〇一五年十二月二十六日

攀扎

沒辦法把你從生命中剝離
攀扎的鋁絲，已經
烙印成比年輪更深刻的印記

否定你等同否定自己的姿勢
否定經年的抉擇；一寸三彎
毋論美醜，倨傲活著

毋論成敗，總是
總是倔強春夏秋冬活過
糾纏著一起期盼風的變幻
毋論冷暖、方向、徐急

沒辦法把你從生命中剝離
新芽已經在曲折中竄簇
剛開始那一丁點，無法確定
沒多久就青翠一遍

二〇一六年一月一日

去看燕子

前兩天才牽著小手，送你
第一天上學；今天放學，怎麼
就故意走到咫尺外的天涯
心事重重，低頭不語

這時一陣莫名的風徐徐而來
回家巷衖向晚中蕭瑟
巨大玻璃帷幕餘暉曲折掙扎
曲徑通幽處，霓虹亮起

去看燕子；忘了是你還我提議
或者都沒啟齒，只在緘默中

繞到曾經看過黃口競食的簷下
那次，有隻小蟲墜落我肩膀

後來一次偶然閒話：燕
至遲深秋，必定不辭遠行
謎團中，迢遙飛越驚濤駭浪
泰半安然無恙，明年春天

二〇一六年一月四日

秘色

寒夜煮青瓷
土咬吐盡，秘色粼粼
奪得千峰翠景

一鍋湖水綠
翻雲覆雨，爐火乍熄
春意彷彿秋香

平底沙足，玳瑁窯沾
手揑泥胚不見轆轤痕
斷代早於盛唐詩

蘆葦燒灰淋作釉
滄桑凝露
把盞若飲千年醪
如電亦如霧

二〇一六年三月一日

路環紀行

這裡的沙，遇水則黑
峋嶙零落波濤，金黃閃閃
節理精奇彷彿龍爪
掙脫巨石困境，一飛沖天

十月初五信步至此
議論一整排荒涼別墅
其中一戶太子故居
諜影依舊重重
從陽光角度發現
已從橫琴一衣帶水西岸
抵達東方，瞭望南海

途經觀音古廟，遠看似頹圮
閒話旁邊，雅緻小館
當年虛雲竺摩駐錫
陣陣海潮音

沉吟掌故中，國事不談
聖芳濟各前打海盜紀念碑
或者，譚公廟裡鯨魚骨
匆匆凋別未及晌午
蛋撻餘溫猶存

二〇一六年四月五日

遊山

再度一同照鏡
桀驁的黑髮
已經深秋芒草，季風
吹掉盛暑的昂然

只能憑空想像
在這群山環繞的凹地
穿越常春濶葉林
崎嶇直落凡間

突如其來的霧
我們迷失，在野薑花兩岸

不想招喚
情願沉醉冷空氣清香

再度放晴時
不必多說什麼
看著綠葉繁茂的櫻
想像大寒一片嫣紅

二〇一六年十月十五日

秋天的約會

出門夏天，回來秋意
長衫或短袖，一樣
解決不了難題

芒花早已盛開在心底
楓紅一陣一陣來襲
薄被換厚，夢境始終如一

故事像一隻紅隼
在鬧區驕陽低空掠過
懶得追究為什麼，反正
確實聽見絢麗腹羽

立冬我們選擇意大利
佳餚依然搭配紅酒
相遇已是答案
重逢，就是抉擇

二〇一六年十一月七日

伏水

愛情如伏水
聽見，看不到
在樹石盤根錯節間潺潺

察覺時已湍急得無法退
岩盤切割成溪谷
山在兩岸，再也無法癒合

二〇一六年十一月二十日

冬至前夜
——與詩人黃昏星相約蘇丹街

明日冬至，我和詩人臨時
約在蘇丹街芳苑海鮮
一碟滑蛋河，一碟福建麵
腐椒炒芥蘭，莧菜煮上湯

今天主題不是詩，我們
匆匆談一件江湖恩怨：
paper company、偽造文書、假處分
談話時間極短，劇情緊湊
十幾年情仇，半小時帶過

然後詩人開車送我回飯店
老爺車狡黠穿梭車水馬龍
我擔心詩意迷路，詩人竟然說：
「放心，我以前開德士！」

二〇一六年十二月二十日

輯二

江山剩此樓

2017年

黃金麻雀

黃金麻雀事件，持續到元旦翌日
其實我老早知道，它是
一隻鵐；遠從阿根廷飛來的
橙黃雀鵐

理智判斷它是一隻逸鳥
籠中逸鳥；內幕攸關走私情節
迷鳥的說法比較傳奇
鳥迷大部分選擇如此相信

我寧願相信它是一隻
黃金麻雀，從我夢境的魔幻逃逸
到我家對面不起眼的樹上

暗示新的一年
不可思議，變幻莫測

二〇一七年一月二日

無題

早春三月，草木依依；
曖曖遠山，行旅依依；
順風相送，臨別依依；
夜深人靜，能不依依？

二〇一七年三月一日

備註：四個依依，意思不同：柔弱；依稀；不捨；思念。

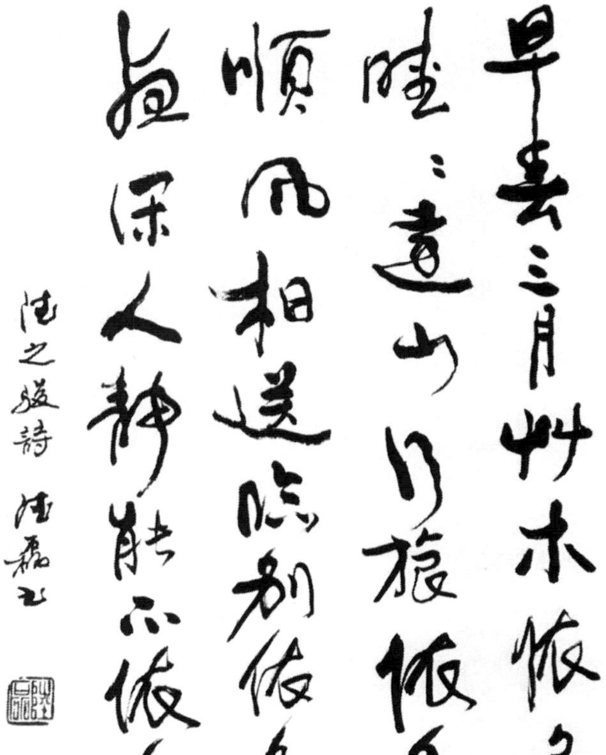

陸之駿詩，陸磊書法。

江山剩此樓

我在那條有點曲折的街上
想像那天、事件，有多離奇

隔天早上，晴，鐃鈸和鑼鼓
舊市場普願宮集合
沿著北街中街，轉經六館、圓環
一路向南，承恩門進城，直奔本町

城牆早在幾十年前，拆除殆盡
火勢第一次燒進城裡
嗩吶鼓吹殺人償命
廣播使整個島嶼沸騰

我趕到時，只剩
槍決子彈灼穿的血衣
掛在玻璃隔絕的展示櫃裡
樟腦掩不住陳舊腥味

聽說賣菸那女人，白皙素淨
當天沒被打死；背負著禁忌
比經年氣喘更加折騰
十一年後，六脈皆弦

臭耳的事，鮮少被提及
遊行的街改名迪化，烏魯木齊
三十六角頭隱姓埋名
抄家坐獄，或粉墨偷生

常客多屬亡魂
士農工商，全部無名
街勢往東退怯，紅燈昏沉
幾個老娼竊竊私語

江山剩此樓；我只記得
清末廖錫恩這一句

二〇一七年三月十四日

備註：廖錫恩，字樞仙，廣東惠州人。拔貢生，詩文書法俱工，曾為清國駐神廣戶領事。日治時期訪台，作〈題江山樓〉詩：「城廓知非昨，江山剩此樓；紛紛詩酒客，誰識箇中愁？」
江山樓原址今歸綏公園普願宮對面，一九七〇年代拆除改建。同時期建築物尚有附近廢棄娼寮「文萌樓」。
二二八事件示威集合地點就在江山樓。前一日發生緝私衝突，林江邁被毆、陳文溪被殺的天馬茶房等，均在江山樓步行可及的附近幾條街。

是日群眾自艋舺街、大稻埕湧入「台北城」、「本町」。城牆雖早在一九〇四年被拆除改建「三線路」，群眾入城挑戰統治者，仍屬清、日、中三代以來史上第一次。城裡公園廣播電台被佔領，播音放送，抗爭蔓延全島。今廣播電台的紀念館，其中有受難者血衣等文物。

經事件後浩劫，本土菁英十之八九被殺，庶民噤若寒蟬。數十年後，始被再度提起，惟論者多著墨政治，少言及角頭庶民等可能受傷較輕、但更為廣泛的受害者。

事件後街名改稱迪化。迪化就是烏魯木齊。難怪「烏魯木齊」在台語中別有他意。

江山樓舊貌

二二八時被群衆攻佔的專賣局台北分局，現為台灣菸酒股份有限公司總公司（位於台北市中正區南海路54號）。

分水崙

行到水窮處
抬頭十方圓明
曲折離奇大河源頭
禪院下，巨石機鋒：
北水南繞盆地
南水東流西折
谷中分水
山名石底觀音

二〇一七年六月二十七日

風稜石

火塑水雕
東風西風切割成形
沉默豎立在島嶼極北

想像百萬年前
驀然回首那座大山
剛剛萌芽
大地深處碎屑一飛衝天
跌落狙擊射程之外
中間的曲折離奇
儘屬鬼行胸臆

二〇一七年六月十八日

寅時讀八大

八哥棲柳，彎頭啄腿下
弓背垂翅，怒瞪大眼
枯筆柳枝幾條，沒有葉子
風吹好零亂

仰天望槐，鹿翻白眼
四足用力撐，頭頸打直
羽狀葉上，似乎
還有另一世界

鷹眼呆滯，利爪緊抓石
毫無凌空霸氣，甚至

沒有眺望遠方
失魂落魄，只有喙，如刀

一尾鱖魚，孤獨
沒有水草蝦蟹相伴
「更求淵注處，料得晚霞多」
大片留白幾筆水墨
突然五光十色

二〇一七年七月二十三日

八大山人畫作。

遠望坑上埡口

走過這段路，才知道
淡水到宜蘭很遠
按我的腳程，至少三天三夜
他們再怎麼快
也得客途借宿一宿

走過這段路，才知道
宜蘭到台北很近
古道往來絡繹不絕，起義時
山頂幾處烽火
各路人馬齊聚攻城

走過這段路，才知道
這段路，不遠也不近
可能三年猛攻上不了山
可以月圓月缺就到彼岸

二〇一七年八月二十日

迷路

我在瀕臨中午的菜市場迷路
還下著一點雨，現在
瀝青路面水漬甚深，還有一、兩灘
滲不下去，隨時四濺水花

某種音效奇差的古典音樂
接引異臭，以及緩慢挺進的垃圾車
生人迴避，亡者，我看不見
不知道他們在幹什麼

巨型傘陸續被豎立收起
魚冰倒在下水道很多縫的鑄鐵板上

竹簍中有高麗菜殘葉、藕節、菱殼
剛才十元一把的蔥，還有一個免洗杯

這時候吃麵，辣椒罐不在桌面
黑白切只剩豬肺一種
免費的湯倒濃郁，老闆格外大方
我啜飲著，思考回家的路

二〇一七年十月二十一日

前夕有雨

她留在夏天，我獨自走進深秋
一陣驟雨
陽光、沙灘，蔚藍海洋
突然遙不可及

去年這時我在異國夜裡
站在琳瑯香水前徹悟
我在想什麼，我懂、妳懂
重逢時於是告訴妳：

在妳的鏡頭前，我醉得特別美好

這一年我詩寫得不多
卻可能是此生最精彩幾首
幾乎不敢相信自己
能遇見如夢如幻如妳

窗外雨停想起
寒露過後山路常常起霧
一個人是否走得下去？
好像只能問問早紅的楓槭

二〇一七年十一月三日

許顏橋

那年霜降，我們道別
島嶼還沒有秋意

兩個月後楓香轉紅
以為只是夕照光影
直到落葉滿地
撿起一片，深藏書裡

我用歡謔抖擻自己
執意殘醉走魚路
伏水不知由來
潺潺響徹心底

幾處峰迴路轉
同樣一座山，截然迴然
就在橋上，許下願望

二〇一七年十一月十九日

輯三

一九八四

2018年

春分那天的菩提樹

春分菩提，葉落枝禿
抬頭看天被分割得像玻璃碎裂
稍微晃動
就會全部掉落
一片片刺進我的世界

應該沒有人會發現這慘劇
難得的陽光只會使行人雀躍
像對街那一夥麻雀
聽不見聲音，卻感覺很吵

割一塊肉打掉一顆牙
這些爭執

我們只能抬頭張望
枝椏光禿禿的春分菩提

二〇一八年三月二十四日

老梅綠石槽

年年有清明，年年會綠
看石槽的心情，年年不同

第一次我們看到沙灘豎著白幡
一大方陣，像向北方招魂
有一次我們散步上極北燈塔
蜿蜒山路野菊盛開，菟絲漫佈

忘了哪一次，我任憑凜冽的風
把細沙吹進臉上溝槽，任憑它滾動
那一次，或許不是初夏
或許是清冷寂寥的東北風季

好像每一次同行的人也不同
有時兩三人，談天多於風景
有時喧譁在炎陽下
議論風稜石的銳利崢嶸

有一次，撿了一根漂流木
回來當裝飾門把，還有幾塊
被拋滾得圓圓的玻璃和水泥塊
至於為什麼？我不想記得

二〇一八年四月六日

吳茱萸

誰先死的預言
他們激辯多次，在吳萸樹下
最後，誰都沒料準
只能眼睜睜，看著
紅紅的骨葖果黑黑的籽
散落滿地

第一個走的時候
是有眼淚的
處暑天地始肅，黑衣沉重
漸爾像節日，只不定期
儀軌之後的盛宴
成為重中之重

開始害怕留到最後
傳說會愈縮愈小
愈縮愈小，最後
自己遺忘自己
再沒人在日益清冷的餐後
摘七片榕葉，搓一搓，道別

紅紅的骨葖果黑黑的籽
倒敘晚春一樹牙白的花
稍比人高，勉強遮陽
伸手撥弄樹冠
一棵樹苗
預言著種子萌芽長大可能的樣貌

二〇一八年四月二十日

山裡的安全會議

八棵大葉雀榕在開會
或坐或倚
大部分時間沉默
良久
一片落葉

匍匐前進的燕子快速掠過
沒仔細傾聽
有關自由落體的爭辯
以及牛頓
蘋果故事的時序謊言

一隻藍絨巨犬幽雅誤入
像……
不小心打翻水晶杯的餐廳服務生
慌張尿在樹頭，對不起對不起
匆匆離去

會議並未因此中斷
清風徐徐而來
緘默中可以眺望
遠方似乎波光粼粼
天空之城在更新

八大雀榕畢竟上了年紀
這些插曲
並未打斷情不自禁的鼾聲

很微弱
要仔細傾聽

二〇一八年四月二十八日

散步石梯嶺

決定孤獨，如果我可以決定
這時，山脊應該開滿杜鵑
峭壁上泉湧像眼淚，無所從來
這是去年夏天遠足記憶

雲像四句偈，匆匆唸罷
聽不真切，朝陽已經普照大地
蕨葉張牙舞爪閃閃發亮
艷紅的懸鉤子隱隱約約像在釣魚

隨著汗水流掉傷痛，交替
另一種當時渾然不覺的傷痛

海在我左邊，盆地填滿右側
島在遠方，城塞在下面

下一個山頭前鞍部草原上
一群水牛悠哉悠哉，有一隻
老聃曾經騎過
我很確定他曾經騎過，如果
我可以決定孤獨，去年夏天

二〇一八年五月二十日

魚路

——寫簡大獅，寫自己

上次走在魚路上的愛情
現在只剩記憶
山壁伏水依然潸潸
一如百年前的亡命之路

在自己開闢的山路夜奔
在自以為的祖國被逮捕
盛夏的分水嶺，依然風大
這時的芒草，茂盛青翠

有風才看得見遠方
雲被遺落在盆地

有一塊野火燒不死的蒲薑
嶙峋磊落，彷彿背影

抬頭就是這裡最高的山
從這裡看，遠不及遠方雄偉
餘暉中凝視著，想些什麼
一如愛情，難以參透

二〇一八年七月十五日

秋雨將臨

——校閱溫任平詩集《教授等雨停》

據說連續要下六天
我不敢抬頭
仰望雲正行軍佈陣
窗外驕陽漫漫
阻雨不得，一絲一絲
校閱《教授等雨停》
我在等雨來；最好別來

凌晨筆談Avicii
感慨一輩子實在短
聊到有時特別想念與捐棄前嫌
結論是：五律好難寫

這時似乎下過一陣雨
來不及走到窗前確認
沙沙是雨聲，或者耳鳴

寫詩不必再用紙筆
閱讀的，不是書
吟遊卻像風雨，亙古不變
我的千里耳清楚聽見
你每日疾行鏗鏘朗誦
以及列寧般講演文學

二〇一八年八月十四日

秋蟲與台灣欒樹

秋蟲唧唧，我再度自暴自棄
在中秋之後，寒露以前
明知道太陽在黃經的位置
與月圓月缺無關，完全無關

這時台灣欒樹適時開花
盆地裡花冠鵝黃，南行一百里
蒴果三瓣，玫瑰紅色
下次再來，推斷淡紫轉楬

我想收集一百零八顆木欒子
串成珠鍊，計數持咒

傾聽愈夜愈清楚的蟲鳴，分辨
左翅疊右螽斯；右翅疊左蟋蟀

在這飛物化潛時節，唧唧即不見
有時是失眠有時夢中痛醒
聽見聲音，看見樹影
黑暗中，它正改變成明天的顏色

二〇一八年十月二日

迴廊無語

寂寞的迴廊忽然熱鬧
三年緘默，忽然絮絮不休
都是些枝枝節節是是非非
早該弄清楚；卻在寒流過後
冬陽似酒下午
急促匆忙翻箱倒櫃
換上厚重藏青襖子

迴廊外大道的盡頭
燃燒著白色的魔法火焰
閃閃爍爍，時而
漫天蓋地，時而一燈如豆
前程難以推敲揣測

兩地之間橫街直路好像棋盤
世事如棋和我們這些路人無關
我們這些路人來去匆匆
大部分無語
看著突如其來的晴空
繼續勇往直前

二〇一八年十二月十九日

幾番酒醉，天就亮了

多年以後，我只覺得是頑皮
當時沒想太多，就閱讀《共產黨宣言》
就聚集工人上街，南下自力救濟
我沒問過當時以及現在
你怎麼想？
我是一直只覺得，是頑皮

二〇一八年十二月二十九日

日暮

臨出門才發現，一櫃衣褲
件件很緊，魔鏡還不了翩翩

晚餐吃飽就瞌睡，不只哈欠
是眼角流目油那種
飯局話題依然有趣，歷久彌新
終究情不自禁，早早告退

回家路上，街燈蒼茫
不知因為酒醉或者老花
幾步石階走了很久很久

臨門才想起鑰匙
外套忘在椅背上

二〇一八年十二月二十一日

一九八四

——寫給大俠謝建平

一九八四，你越過八掌溪北上
在華岡一處小閣樓談詩
江南剛剛被殺未滿百日
那天，吃完狗肉散步
看到消防車，正嬉笑著
原來是我家火災

那時我們還不懂政治
以為只是編本詩刊，結果連續查禁四期
一直到有一天
中文最華麗最老實的詩人

被逮捕
驚弓之餘，決定反擊

我們偷偷闖進郝柏村家巷子
偷拍；被狼犬般憲兵追逐
我們用想像力描繪
郝柏村慢跑路線，暗示有志者狙擊
結果並沒有想像中刺激
幾番酒醉，天就亮了

多年以後，我只覺得是頑皮
當時沒想太多，就閱讀《共產黨宣言》
就聚集工人上街，南下自力救濟
我沒問過當時以及現在
你怎麼想？我是一直只覺得，是頑皮

二〇一八年十二月二十九日

輯四

大東路五十四號

2019年

圓通巖下

他種的紫藤還沒開花
但已經蔓藤一架
緋寒櫻這時落葉殆盡
滿樹含苞，等待春天到來

我應該快樂的
但快樂不起來
眼睜睜看著天色向晚
華燈在山頂忽然初上

這裡沒有風
是全城最隱蔽的溫暖

夜色像霧一般瀰漫
一時之間，找不到山門

二〇一九年一月二十四日

回暖

一再回暖，今年冬天
我想起那次市井落霰似花
揮揚攫攘夢境
攤手一看，有一點蒼涼
那天肯定很冷
但記憶有陽光
漫天被誤會是雪的霰
折射虹彩片片
回暖此刻沒人會相信
就像我說起城外
曾經郊山遍野積雪
多年訕訕，無人答腔

那次市井飄霰
遍野霜雪，積壓昆欄

二〇一九年一月三十日

我們一起去看燕子

台北即將入夏；你那邊
草木黃落

這幾天，學飛的雛燕
險些撞到我，一再而三
我想起不久之前，那年
我們繞道簷下看燕

或許秋天翻轉到我這時
它僥倖飛到你那裡
歷盡驚濤駭浪
或許它飛到時，你又已離開

我出生的城市，一度以燕為名
我一直疑惑：滿城高壓電線
密密麻麻，來去自如
那時，我不知道逍遙萬里

以為一座城可以終老一生
我不知道，家，也只是客棧
立夏或立冬，端看身在何處
草木落黃，浮萍滋長

二〇一九年四月二十七日

惡月

斑鳩在枝椏糾纏
八哥佇梢頭唱歌
喜鵲翩躚，痲鷺蹀踱
咸豐草昭和草隨風飄散

太陽很大，我在樹下
空氣中有雨的味道
藍花楹黃焰木在遠方
烏雲密佈白雲一朵

我在考慮上樓帶傘
或者急行不管下不下雨

夏至，日影最短
螳螂揮舞雙刀擋路

二〇一九年六月二十九日

島唄

——寫香港，寫台灣

想像薤露被哀傷唱起
海島天空戰雲密佈
西方沒有淨土，夕陽如血
田橫悲劇如日升日落

曹操的歌或悲鴻的畫
看不見細長綠葉紫色的花
鱗莖深埋風砂，藠藠滋味
一個苦字難以形容

擔憂島嶼命運，猶如朝露
陽光照耀下的七彩繽紛

正是隕落一瞬間的開始
歌唄如咒，未來不可得？

二〇一九年七月四日

備註：相傳，〈薤露〉是聽聞田橫見劉邦前自殺，海島上五百士的輓歌。曹孟德曾寫〈薤露行〉藉古論今。徐悲鴻於中日戰爭期間，畫《田橫五百士》巨畫砥礪民心。

流光飄忽

四月流蘇，七月九芎
心裡下著雪
茫茫等待秋分，鶺鴒來訪
雀躍小陽春，閃爍消息

這島不下雪——
借來的去年，還來還去
烏臼一葉紅橙紫
晝漸短，夜漸長
一夜冷一夜

六十天後小雪那天初雪
依稀落在群山之巔

一陣寒流吹得抖擻
不再下雨，彩虹不見

二〇一九年八月七日，七夕

上海散步

從靜安往霞飛路，誤闖四明邨
穿越徐志摩與陸小曼的愛情
法租界裡到處都是法國梧桐
秋天，正好結果，但仍青澀
想看看八三一號台共成立的二樓
路已改名淮海，紀念徐蚌會戰
我在錯亂中直奔外灘
其實不遠，五公里走了七十年
途經大世界，向黃金榮致意
豫園不再是愉悅老親江南林園
比肩接踵，人民幣現金不能用
我逃到渣打銀行的大堂喝咖啡
現在改成酒店，十里洋場彷彿

香港新加坡曼谷，難以分辨
黃埔江畔已經找不到碼頭
觀光列車可以渡江到東方明珠
張愛玲如果回到常德公寓
她會寫些什麼？

二〇一九年九月二十四日

白鷺

——搬到青埔第一夜

看白鷺起飛，從河灘礫石
盆地有雨，這裡無語
雲在遠方山腰

抵達時秋分奔寒露
白雲長驅直入
平野浮光掠影

青春留在山岡如坐雲霧
谷地叢花亂樹，隱約半生
終究告別曾經堅守的城

到這裡，看一行白鷺起飛
從夜宿的礫石河灘地

二〇一九年九月三十日

忘記香港

我決定忘記香港，好似忘記
麥文記那碗雲吞
一粒一蝦，啖啖鮮甜
（我對蝦過敏——
致死的過敏反應）
我決定忘記香港
徹底忘記廟街東風螺
那種用牙籤使巧勁剔出的
委屈的扭曲的青灰色軀體
我決定忘記香港
百年繁華南柯一夢
銀色世界浮光掠影
但我無法

無法忘記早已停擺的天星小輪
夜航在停電的維多利亞港
忘記我決定的忘記

二〇一九年十月二十五日

大東路五十四號

四十年後重返老宅，她像喜鵲
雀躍描述十一進有多深遠氣派

我卻怎麼數也只數到四或五進
就被一條古老的長巷截斷
怎麼推敲都找不到，她說的
從二樓直達屋外的逃亡秘道

她說的一九四七年春之前，我
在很久很久以後的三十多年後
恍然大悟：那時她十七、八歲
新婚；革命；逃亡

她的青春戛然而止，歲月繼續奔流
最初在牢裡，等待；等待到
事隔一年捎來丈夫槍斃的消息
期盼中的解放始終沒有發生

聽說她出獄後曾嫁過一個特務
許多人如此，生活必須奔流
四十年後重返老宅，她像喜鵲
這是裝不出來的少女情懷

我坐在改造成泰式餐廳的老宅
突然想起和她重訪的往事
已經三十多年，往事如煙
或許她早已死了，只剩故事

一隻喜鵲飛到窗外後院，叫聲呀呀
後門以後彷彿還有門，並非無望

二〇一九年十一月一日

秋末那幾天

——懷故友阮大方

最後一章，像五色樹
豆綠藤黃石青桃紅淡赭
從繽紛，到散落遍地
不過幾周

不過幾周
從抗癌，到親自拔管
面黃；發黑；慘白；屍青
像五色樹，最後一章

樹葬詠愛
遠遠一湖彷彿杭州

明年這時風景
顏色繽紛流轉
豆綠；藤黃；石青；桃紅

二〇一九年十一月六日

干支紀年

故鄉是一種錯亂，唐番地主財神
逃到長安，結果發現福爾摩沙
壓在七星山下三十六年
尋找桃花源，履虎尾，溯濠江
走上羅湖獨木橋，黃花崗到黃鶴樓
歸來已是三更，故鄉錯亂——
盆地被一條龍纏繞綁架
深秋燕南飛，驚濤駭浪萬里
生命無國界，歷史不需要政府
出生芙蓉已是答案
平野三溪，伯公八座
遠眺雪龍諸峰成嶺，一片開濶

二〇一九年十一月十三日寫，半生居留

自釋

天干喻時間，地支喻空間。

出生海外的華人（「唐番地主財神」乃南洋特有的土地公牌位寫法），搞不清楚何處是故鄉。

逃避這種尷尬局面，跑到以為是「長安」（喻人文會萃）的台北。結果發現台北不是中國，另有自己的歷史、東方與西方交會的福爾摩沙海島史。

像孫悟空被壓在五指山下，在台北市（七星山是台北市祖山）住了三十六年，其間也曾在桃園（桃花源）、雲林（虎尾）、澳門（濠江）尋找出路。一度從香港（羅湖口岸）闖進剛剛開放改革的中國，從沿海廣東（黃花崗）混到內陸、作為中國現代史起點辛亥革命的武漢（黃鶴樓），在中國找不到故鄉，疲倦的回到台北、家的所在，這才明白自己是沒有故鄉的人。

台北盆地群山環繞，像一條龍——這條「中國龍」（外來政權），綁架束縛台灣自主。台灣應該學燕子，向遠方飛；體型雖小，每年卻南飛一萬公里到赤道。

生命無國界，歷史不需要政府。

我的出生地芙蓉，每年有很多北方飛來的燕子，雅號「燕城」。這個華人開發的百年老埠，其實和中國現代史密不可分，康有為、孫中山都曾在這裡活動，中共扶植的馬共，就在附近建黨。那些年這些革命，是跨越國家的局限的。我的出生地的歷史，已是我追問半生的答案。

我現在住的桃澗平野（青埔），有三條溪（老街溪、新街溪、洽溪），八座土地公（客家人稱「伯公」）廟。這裡遠眺雪山山脈（雪龍諸峰成嶺），視野開濶，想像空間自由自在。

輯五

項義合

2020年上

香夭

漸漸聽不見島唄
並非無聲，是習慣而忘記
一眼識破煙花似水
砦城拆清短短二十七年
整個城市的靈魂，零落殆盡

張國榮清唱帝女花，似搭檔
一位女的全國政協委員
忘了她名字，好像演過上海灘
原來那些碼頭並不臨海
只在江邊，茫然香夭

在島嶼上看著島嶼
島嶼命運如唄，清亮淒涼
有一種情操婉約其中
總在夢最深沉處，赫然響起
一身冷汗

二〇二〇年一月十六日

頂義合

蔗園陣陣窸窣，沿著圳邊走
舉目不見大樹
盡是海茄苳，穿插白千層
矮矮的，滿滿白穗花

聚落名頂義合，由來不清楚
猜測是先民聚義合股
瀏覽百年地圖：種蔗前世養魚
百甲無埂一片內海

更早應是鹽山潟湖
未來應是科技園區

海風習習，一隻黑面琵鷺
忽然振翅高飛

二〇二〇年一月十七日

備註：頂義合，一地名，位於台南七股。

散步，年前

那幾天我一直執著河灘地有幾隻白鷺？
幾種鷺鷥？捻著掐著揉著滿滿一手
隨地撿拾的苦楝

那幾天剛立冬，想着漸漸不宜遠行的父，以及
遠走高飛的女。擡頭一樹黃果
感覺苦——遠方花田奼紫嫣紅

迄至大寒，花田裸露一片赤土
河灘僅剩一、兩蒼鷺，和幾許貼水徘徊的鳧
一樹苦楝依舊，屹立難得晴空

二〇二〇年一月二十三日

看鷺

看見第二隻伯勞鳥掠過眼前
靈光乍現：這季節
肯定不只一隻

看見九隻埃及聖䴉垂首礫灘
風吹草動，起飛變成十
消失在虛空

苦楝蕭瑟，水柳不枯
寒櫻一朵，黃鸝形影

想看一行白鷺
蒼鷺同科不同屬，大孤如鶴
緩緩鼓翼，有王者之風

二〇二〇年一月二十九日，老街溪左

人日

俯瞰花田褪剩一片淨土
走近枯叢，波斯菊零星幾盞
彎腰牽我學步的父親
如今踽踽五十

久別重逢，我們再度
因為康南海，各自表述
我一時聲色俱厲詐騙，他
竟不語，不似往昔
滔滔不絕

「我們去兜風吧」
那日是深秋，新花剛栽

田埂寬闊平坦
他僅踽踽五十

別後七日我寄去一張照片
給母親，花田錦簇
也不知道他是否看見？
記得那天他說：
「我們都喜歡兜風」

二〇二〇年一月三十一日，
別後數月，年初七，這一天又稱「人日」。

二月二

想像有一天，能在台北
與您重逢
就像當初萍水相遇
穿一襲藍衫子，獨立寒秋

或絕交，或囹圄
或流亡或死亡
藍衫子褪得灰撲撲
春風漸暖——
我們不會再見，在相識的城

臉逐漸模糊，笑聲依舊爽朗
那記憶中美好的狂亂年代
放蕩不羈的無懼青春

我想有一天——
會在台北重逢，一定可以
就像當初人間相遇
黑夜，比白天更光明

二〇二〇年二月二日

偶書

群鴉頭上亂舞
想起睚眥必報的流言
我低頭、埋首，疾步
走進人間
當年背井的道路
如今愈來愈清楚
夜空幽冥，淒迷細雨
一朵明亮的雲後面
應當是月

寂寞使我停下腳步

二〇二〇年二月十四日

黃經三百三

大圳放水，花田如鏡
秋花翻化春泥
群雄各據一方
鷺鷥聯盟在水
鴿仗數量優勢，履薄臨深
八哥靠歌聲嘹亮身段靈巧
區區兩三隻，開疆拓土

花田如鏡，一朵白雲來去匆匆
啟蜇雨水？雨水驚蟄？

二〇二〇年二月十九日，節氣雨水

附記：漢景帝劉啟前，節氣先「啟」蟄後雨水，避諱改字，順序調換成先雨水後驚蟄。這樣的改變，其實改變不了自然規律，也說明了節氣不精準，只是概略描述。

和李白〈靜夜思〉

不想再當愛情的流浪狗
舉頭仰望，新月如鉤
不敢低頭
不堪回首
雲是月光的舞曲
我站著的地球的影子
因為太陽，月圓月缺

二〇二〇年三月十四日

驚蟄

山櫻紅棉，驚蟄相見
苦楝掛瘡果，樹冠新綠
淡紫花；此去經年

荒野蟲唧唧，月光乍現
老街溪水淺，粼粼往事
落紙很難雲煙

卜一卦曰蹇，山上有水
停在水邊，自己就在眼前
早春年年有，山櫻紅棉
踱步天地玄黃之間

二〇二〇年三月八日，於老街溪畔

六爻

大山將傾
大山漸傾
大山正傾
急奔
大山已傾
勁草坍方上

二〇二〇年三月八日

齊鳴

落羽松梢一隻白頭翁
昂揚鳳鳴，沒在怕

繁密枝椏鵲鴝迂迴
婉囀四喜，小心翼翼

不遠處呀呀啼叫
不知是靈鵲報喜？還是
渡鴉捎來訊息？

下腹艷黃的紅尾伯勞掠過
飛行如波浪，沒聽見聲音

二〇二〇年三月十五日

輯六

一城苦楝

2020年下

門口

羅漢松上，亭亭玉立
黃色是尊貴的
黑色是神秘的
天地玄黃是一種特殊文法
倒裝著蒼、翠、枯榮

二〇二〇年七月二十五日

我在樓下

撞球間碰撞聲複雜而凌亂
中國口音的小孩在喊爸爸
每天一定要看報紙的老先生
逗弄著印尼看護；我
在鄰桌看著落地窗外發呆
流動的水造景感覺清涼
手機顯示戶外氣溫三十三度
盤玩著巨大尼泊爾金剛菩提
我決定埋頭回訊息，或
恣意瀏覽，假裝忙碌
喝冷掉變苦的桌上那杯咖啡

二〇二〇年七月十九日

風騷

樹在動，才看得到風
無形的風，把消息傳到遠方
你家的風鈴，叮叮噹噹
斜陽把風鈴的影子放得很大
整個書房，光陰晃漾
筆墨雲煙流轉
你把我的詩謄在心上
風把孤獨的蒲公英吹散
借來空氣、水、土和陽光
不必明年春天，這裡就是
花開遍野的地方

二〇二〇年七月四日

緬梔勉強開花

緬梔勉強開花，在回歸線以北
在疾風中，在庭園，在
巨大的方型陶盆裡，努力
掙扎著偷窺牆外飛掠的八哥
蒼穹沒有想像中的蔚藍
黑夜沒有回憶的銀河星光
緬梔勉強開花，一朵
兩朵、三朵，三三兩兩
慘白泛淒黃，淡淡憂鬱的香

二〇二〇年七月三日

備註：緬梔俗名雞蛋花，原生赤道美洲，十七世紀移植台灣。在北回歸線之北，活得不好，不像在熱帶花開滿樹——更何況庭園盆栽？有網友分享，對「慘白泛淒黃，淡淡憂鬱的香」一句加按語：「所有過中年人的心境，筆下傳神，一語道罄」。

霜降萋萋

霜降點點鷺，像去歲一般
歸還；漸漸忘記你的存在
像忘記你的消失；一陣秋陽
風景染黃，瘟疫把思念困住
遠方像南方那雪山瀰漫雲霧
漸漸變成傳說；溪洲萋萋
風吹得犀利，步履忐忑蹣跚
白翎起伏，風景顫抖搖晃

二〇二〇年十月二十五日

傾聽黑暗

傾聽黑暗，虎虎秋風
有很多故事
街頭那隻黃狗驅逐黑貓
夜鷺爭奪地盤
對面樓裡打情罵俏
我收到風聲
滴滴答答，但我不懂
密碼
秋風虎虎，黑暗清楚
閉上眼睛傾聽
過去現在未來，草蟬唧唧
唧唧復唧唧

二〇二〇年十月十九日

中秋入夜

很多黑夜，不經歷晚霞
閉目睜眼，燈火闌珊
陽光下的波譎雲詭
彷彿夢境
彷彿夢境
遠方正在擂鼓鳴金
若有若無，苦悶抑鬱
很多雷聲，看不見閃電

二〇二〇年十月一日

七句

逐漸明白，提早枯黃那幾株
只是預卜秋分到來，夏蟬難以領悟
鴝鵒誤闖大廳，找不到出路
它的邏輯是高飛
門窗卻低敞，方便開關出入
思考著苦楝的劇情，頭頂
盤旋愈來愈慌張，嚶嗚急促

二〇二〇年九月二十一日

備註：鴝鵒（音「渠玉」）就是八哥；《聊齋》有鴝鵒故事。

陽光雨

走到窗前我才發現其實下著雨
陽光很大，若有似無
下樓走到戶外，肌膚沒有感覺
地坪上絲毫不見雨漬
懷疑自己：剛剛遠遠注目的
潺潺流水滴滴答答，真真假假？
眼前風景忽陰忽晴，我抬頭看天
形形色色的雲，飛舞滾動流轉
聽說有五個颱風，在我和島嶼
周邊徘徊，戰機熙熙攘攘

二〇二〇年九月十九日

夜深鷺鳴

夜深鷺鳴，僅僅一聲
來不及分辨是悽厲或感傷？
總有故事
如果只是蛙叫，我不會走到窗前
打開陣陣冷風
張望溪底，黑暗潺潺
明日將盈的月亮
在奔流的雲端，若隱若現

二〇二〇年十一月二十八日丑時末刻

一城苦楝

霜降後苦楝一樹黃果
原來是驚蟄時，那些漫天飛舞
細碎淡紫小花
暗香言猶在耳，叮嚀著月光：
我在樹下
我在樹下
抬頭看月光下夜空風起雲湧
黑暗忽明忽暗
冬風瑟瑟，落葉滿地
一城苦楝抖擻著等待明年春天

二〇二〇年十一月十八日，桃園青埔

詩人與一棵名為「丹尼爾」的苦楝樹

輯七

鍾善坤

2021年上

迷路

當有一天，我們不再吵架
冬日有秋意
先鋒植物林中，幾棵黃樹
良久，靜靜落下一葉
幸福不是四葉草
沿著這條若有似無的小路
據說有一千零一種維管植物
以及真菌還有其他
迷途仍然繼續行走
不管定義是闖蕩或者漫步
太陽月亮星星總在指路
時辰季節移轉
當有一天，我們不再吵架

冬日有秋意
感應季節時辰
靜靜仰望，星星月亮太陽

二〇二一年一月二十六日

冬天的老街溪

喜鵲是莽撞的，涉禽亂舞
孤僻的蒼鷺互相追逐
重新分配地盤
水雞神隱蘆葦叢裡，紅冠怯怯
幾隻白尾八哥，喋喋岸上

二〇二一年一月二十六日

寫四種鳥：喜鵲、候鳥蒼鷺、紅冠水雞、白尾八哥，以及其他看不清楚的受驚水禽。像一齣戲。

歲末寫歲月

想鷹想櫻，十月三月
黃鶯婉轉，盛夏殷殷
一切都看不見，只要閉上眼
抬頭鷹盤旋，低頭流水落櫻
鶯鶯燕燕，過眼雲煙
季節流轉，今年明年

二〇二一年二月三日

立春

這些年，我們再一次
經歷甲午乙未戊戌庚子
情節不盡相同
遽變一致，倉皇邁入
他念茲在茲的二〇年代

「有些基本問題還沒解決……」
冬陽下午，他聲音沙啞
失神鬱鬱——有些話
沒說出口，只委婉拒絕
可能、但我不會提出的邀約

趁著向晚的陽光，我
從國父紀念館匆匆走到
天色昏暗的敦化
隔著有色玻璃說：
「有一次我摔倒在那水池」
「現在封起來了」他說

晚上轉涼，輾轉接到訊息
他要早已死去的P與M
到流亡的天涯海角見他
掐指一算，經已九年
怔忡間想起，那時似乎他是
治喪委員會主任委員

二〇二一年二月五日

驚醒

窸窸窣窣，暗夜幾隻鳥
窗外喋喋，議論不休
不是啁啾，也不是嘹唳
聽不懂的激動，不絕於耳
忽然清風徐徐，隱約一陣香
停留腦際
窗外一片黑暗——
看不到聽不懂分辨不出
是茉莉或玉蘭花，或者溪流
攪動淤泥腐草
忽然兩頰生津，咀嚼起夜色

原來這世界沒有壞人，就像
沒有好人一樣；懸空的星星
比腳踏實地的一切，更加永恆

二〇二一年二月二十三日

霧點

我厭倦了霧裡的生活
決心尋找陽光
從天剛亮，到暮靄沉沉
迄至黑暗徹底吞噬
一片茫然

濕度溫度氣壓，在一個
叫露點的點上吞沒星星月亮
這時，如果失去，連同燈光
絕對黑暗中
什麼都沒有差別
什麼都沒有差別

我厭倦陽光下的生活
決心把自己深埋夜霧

二〇二一年三月二十二日，春分後二日

菜市場

剛剛我是路上被車擠的人
現在我開車擠人；上樓
提著大包小包；取車；下樓
短短五分鐘，天翻地覆

中午收攤的時候，清淡的
努力叫賣出清；生意好的
坐在麵攤把餛飩吹涼
麵攤開到最後——最後
清潔工慢慢打掃

開車擠人，我想起剛剛
光顧麵攤——剛剛才被光顧

菜市場是我的遊樂場
菜市場是他們的全世界
供需理論，在這裡活蹦亂跳

二〇二一年三月二十八日

鍾善坤

其實我說不清楚他是誰
就和你們一樣
我認識他是在四師爺廟裡
那時，廟已改名
天師宮——似乎有些曲折

那時上山的路，也有些曲折
在一條地圖上看不到的溪
戰戰兢兢走過獨木橋
山徑崎嶇蜿蜒直上
如果運氣好，會看見
白色蜈蚣有蟒蛇大小

歧路有五老觀，樹林中
五個老人看著河圖
這我沒興趣——我仔細辨識
碑文，字跡漫漶，略約有
霹靂南道岩開海雲派字樣

據說他系出名門全真
南渡之後，不提師承
推敲來時已是民國尚未抗戰
羅浮山的四季如春
他絕口不提

二〇二一年三月三十一日

一代人
——寫給顧城

夜總在清醒中降臨
清醒中漸漸什麼都看不見
只感覺有風，徐徐
草的味道與聲音格外清晰
什麼都看不見的野地
忽然流螢熠燿
遠處彷彿燈火闌珊，原來
今晚還是沒有月亮

黑暗讓我看見：
比太陽，更遙遠的星辰

二〇二一年四月三日

窗外

她坐在他的位子上，看著窗外
一簇糾纏不清的老榕
終年常綠，歲歲雷同
和桌上的卷宗彷彿，雖然
鋼筆與筆電輪替毛筆與硯

隱花果的四月，有鳥繞樹三匝
通常八哥或珠頸鳩，偶爾喜鵲
偌大的中庭難得有人
人在屋中，人在廊下，人在電話中
難得沒有訪客——
靜靜坐在位子上看窗外

她坐在他的位子上
窗外的世界，很難不同

二〇二一年四月十二日

出門

我聽著若有似無的雨睜開眼
窗外白茫茫，聽不見雨聲
疑惑著閉上眼睛——
雨聲忽遠忽近，在曲折的河道
盤旋飛舞

再度睜眼那一霎，我髣髴明白：
女子，是男人一生的修行
輕撥鬢霜細雨，決意冒雨前行
不帶傘——
不管小雨會不會變大
不管路人怎麼看我

二〇二一年四月二十八日

薰風

（一）

隱隱約約薩克斯風，難以察覺
像樹林中微微的風
像鐘鳴以後
空氣中不絕如縷的顫抖

辨識不出吹奏的是哪一首歌
只覺得耳熟；感覺到
外眼角下緣，懸掛著一顆
掉不下來的眼淚

（二）

看見滿山遍野紫花酢漿
匆匆中停下腳步，蹲下來
仔細端詳，沒有一株四葉
暮春初夏曠野一片靜寂

咀嚼著沒有聲音的酸味
盤算著眼前起伏蜿蜒的山路
前方樹林吹來微微的風
只有顫抖的草知道

（三）

下一次血月，比今天更大
全蝕時，還可能看見
流星雨，在最黑暗的山巔最黯淡的星座
在如果沒有雲的夜

顫抖著仰望天空的地圖
像微微的風中的草
我忽然明白：血色的折射
只因為大地，阻絕太陽

（四）

我趕到時已滿地殘果
踐踏與雨水把幽徑渲染得像血跡
樹上一顆都沒有
提早結果的楊梅提早墜落

微微的風滾動著乾透的那幾顆
彷彿盤旋著要飄起來
想像著咀嚼時那種酸酸的味道
我硬生生把想像吞了下去

寫於二〇二一年五四，五月八日成詩

夏夜

傾聽著蛙鳴，此起彼落
忽然蟬嘶一聲
黑暗中，眾鷺喧譁
轉頭一看：波光潺潺

他們的爭執，遲早過去
不記得什麼事也不記得是誰
野溪無聲無息
緩緩流向明天；未來
只記得那一夜曾經紛囂

二〇二一年五月十一日

辛丑槐月

叫聲淒厲——
不知道是白鷺或八哥
不知道為何而叫？只知道
四天之後小滿

靜靜閱讀夜晚
無風無雨，無人
只有燈光下，瘟疫在蔓延
沒有雲與月亮

二〇二一年五月十八日

陣雨

聽見一陣滂沱，走到門口
只剩滴滴答答
張望著天空猶豫著要不要帶傘？
稍縱即逝的一縷陽光冷笑

我決定不帶傘，賭一賭
命運；憂鬱的天空變幻莫測
這只是五月，我思考著
秋天或春天的善變，以及
多年不曾造訪的颱風來襲

現在是不是浪很大？
我想去看看；不必帶傘
就去看看

二〇二一年五月二十九日

代後記

——附 陸之駿〈後記：下一個開始〉草稿

陸喬方

我們在馬來西亞的家是一座巨大的藏書閣，幼時回去老家過暑假的日子，我著迷在四樓爺爺書法間的角落櫃子裡挖寶，那裡專門收著父親與姑姑小時候的書籍。

那年代的兒童刊物特別有趣，一期約莫就三十頁左右，存放了這麼久還依然是全彩的，裡面有百科知識，有小遊戲與小漫畫，也收錄投稿文章。當時的時事，就這樣兩週一期地出版，是父親兒時的期待。

奶奶是很會理家的女人，替父親把他十七歲來台灣前的一切都妥善保存著。但老書總有書蟲留下的痕跡，我會鬧著父親替我記起那些被吃掉的回憶，站在父親臂膀上的童年，總比別人的更添了幾分樂趣。

也曾讀過父親追女生時寫的情詩，追問好多次那些情詩是否有送出去、女孩子是否追到了手，父親只訕訕的說：「我記得我三十歲回來的時候，在芙蓉的大巴剎前，看到那位當年全校的夢中情人，她身上背著不足一歲的孩子，正把濕透了的菜塞在客人袋子裡，吆喝著問『要不要再來一把？』」

對比情詩裡定格住的那個笑得紛飛又害羞的女孩，我也不禁感慨，生活好像真會把人們對生活、對自己的浪漫給消磨殆盡。

我與父親把酒言歡的時光，幾乎聽完他人生中最美好的回憶，父親尤其愛提他在吳祥輝老師身邊做事時的經歷，我也特別愛問他這段時間的故事，因為講這段記憶的父親，眼睛是放著光的。

當自己的才華被俗世所認可，那撲面而來巨大的滿足感，是會令我們所有創作者上癮而拚命燃燒自己的。但再後來，父親生了哥哥跟我，他為了我們放下筆跟夢想，開始當起一個父親。

父親常提起爺爺當初也是為了家庭擱下書法創作，但他又嚴肅的告訴我：「成名要趁早，這是你喜歡的張愛玲說的。」當父親再度提起筆，是在他結束了又一段的婚姻之後。那段婚姻的後期，家庭氣氛緊張，掉了一根吸管都讓人戰戰兢兢。在又爆發家庭戰爭的一天上午，父親跟著逃上頂樓的我，那天豔陽高照，但我們卻並肩坐著一起流淚。

永遠堅強的父親，在我面前露出了軟弱與無助，他不明白為什麼他這麼努力想維持好一個家，但卻變成了這樣，他認為自己好失敗。

永遠受他庇護與支持的我，在這一刻也嚴肅的告訴父親：「你已經成功扮演了父親這個角色，這將近二十年來，你做得很好，我跟哥哥都健全的長大成年，再下一個二十年，我希望你去追求你自己真的想要的人事與物。」

改編一下梵谷的名言：「我們的夢想就是寫作，而寫作著我們的夢想。」

再後來，父親就出版了他早該出版、卻遲了很久的詩集：《不等》。現在我編著這本《江山剩此樓》，讀著這些詩，實在很難停止回憶與父親之間的點滴。父親爬山的習慣，是與我一同開始的，他也帶著我去走遍每一條巷弄，告訴我所生長的地方是多麼美麗有趣的城市；我曾牽著父親的手，請他陪我繞離回家較遠的路，去看看剛築巢的小燕子。晚年舉家搬去青埔的決定，也源自我的慫恿。

父親手機裡的備忘錄留下這麼一段文字，寫出了對逝者的悼念，也寫出了他作為一個父親的愛：

因為救溺水女兒而死，是一個男人光榮的死法。
死在美麗得去一次死也值得的風景與幸福中，何其難得。

四十七的確太早，當然也太短。
但這樣的死法，我也願意。

以下是父親生前自編這本詩集《江山剩此樓》時，已寫下的〈後記〉草稿，未完整，但人生本來就不會是完整的，對於生命的無常，我個人感覺質比量重要得太多，我當然失去了一個能夠活到七老八十、記憶有些跳針，卻還流口水吵著要吃汐止那家貢糖的父親，我沒有機會能與哥哥推著輪椅帶他去曬太陽，但我的父親用智慧與愛照亮了我一輩子。

* * *

後記：下一個開始（草稿、未完）

陸之駿筆

《江山剩此樓》的出版，正式宣告我下一個階段創作的開始。

就像二〇一五年底，我上一本詩集《不等》的結束，我總結寫詩與生命的前一階段，進入姑且稱為「江山剩此樓時期」。

這次應該也一樣——至少在編完《江山剩此樓》的同時，我的創作心境與策略，已經調整過來。

二〇一五年十月至二〇二一年五月，這六、七個月期間，我一共成詩兩百三十六首（不成篇的，大概還有二十至三十首）。平均每個月寫三・五二首詩；有長有短，最短七行，最長三十二行，十到十五行的居多。

回頭自選，我發現「長」詩（其實三十二行還是短的）幾乎全部選上；而短的，大部分都被淘汰。

兩百三十六首詩中，《江山剩此樓》只選了八十四首（編案：作者寫此〈後記〉時應為八十四首，唯其後又自行編入〈幾番酒醉，天就亮了〉一首，故本書現為八十五首，下同）。原則是「精彩」；更具體的說，是詩寫完之後兩三年，自己重讀，仍然覺得好看。

短詩不容易寫。往往交代不清楚，自己重讀會覺得有頭沒尾；要在極短的幾行間，做到結構完整，非常困難——這是我的自我檢討，無意批判流行的徘句、絕句新詩。如果用李商隱四句絕與八句律標準，檢詩泛濫進行式的徘絕新詩，十之「九」九，不忍卒讀。

精選出來的八十四首，難免仍有我個人感情因素；割捨不了一些「紀念性」，結果還是選了。但基本上，仍力求「八十分以上」、「避免套路」（重覆的主題、意象、寫作策略）、「詩意／詩性的考量」這三大原則。

這就不得不說到，我最近在做的另兩件事：

其一幫溫任平老師詩集《衣冠南渡》寫序；其二在他邀約下，參與《大馬詩選2.0》的編選工作。

《大馬詩選2.0》最後選了五十四家三百首。徵選的兩個月期間，編委密集閱讀了超過一百位作者的近千首詩。這可能是我截至目前為止，讀最多詩的一段時間。不只讀，還要評分——編委們開玩笑說，搞到「有點審美疲乏」。

在給別人的詩打分數、吹毛求疵的同時，自然反應反求諸己，摸索出自己詩的套路乃至致命傷。

寫序不得不仔細的把整本《衣冠南渡》讀完。我讀了兩遍，差一點就脫口告訴溫老師：一百七十六首不妨精選剩一百二十首或一百五十首。寫詩超過半世紀的天狼星一代詩宗，幾年內的不到兩百首作品，竟也可以分出良莠——更何況是「業餘」者如我？

《衣冠南渡》與《大馬詩選2.0》經驗，是我下定決心《江山剩此樓》只選八十四首的一個關鍵。這個決定，也宣示著我下一個階段寫詩的大政方針。

另一個我只選八十四首的原因，和「傳播策略」有關。

我的詩，「全部」在Facebook發表。女兒幫我擷取下來，按時間順序，編成適合我閱讀的字體大小。我選完、修改之後，兒子幫我彙整成要給出版商的檔案格式。他倆因此不得不把我的詩大致看過一遍。兩兄妹給我的建議是：

別編太厚、太大本；這樣讀起來，會太累，沒人會看完。挑一些精彩的，薄薄一本，反而容易全部看完，印象深刻。

這其實是一個嚴肅的傳播策略問題。

我認為他們說的有理。

我於是聯想到：盛唐詩人，最後只有極少數人，一生作品流傳超過百首。更何況只是我自己五、六年時間的創作？

一位與我年齡相仿的好友，疫情居家無聊，研究起「電子書的製作與流通」。他提出一個「為什麼買紙本書，看完可以送人看，電子書卻只限購買者一人讀？」的概念，認為這是一種霸權；我建議他研究一下「海盜黨」——這些是題外話，重點是：我拜託他「把我的這本詩集作試驗，搞成免費流通的電子書吧」。

我們於是開始隔空探討相關編輯技術問題。結論之一是：太大本，沒人會看完，而且不好編。隨即我們聊到，電子書版的詩集，可以有很多多媒體連結，整本詩集會「立體化」；而且「就算只有一首詩，也可以單獨發行，以後隨時擴增……無止盡擴充。」

我們努力勾勒著「未來詩集」的面貌，當然包括隱藏其中的傳播策略——詩的閱讀的方式變了，從口傳到文字、到印刷，到如今數位化，詩的傳播策略，甚至創作方式，不能不變。

一個階段的總結，就是下一個階段的開始。總結了「江山剩此樓時期」，我清楚以後要寫什麼、要怎麼寫，才會符合最後入選詩集的標準，於是就會寫得更有目標、更有計劃。

年輕的時候，前面還有很多典範，可以學習、模仿。一直往前走，前面的人就愈來愈少。六年前我上一本詩集《不等》出版時，白樺先生幫我作序，以詩代序；這一次，他已經逝世將近三年。

白樺先生是我尊敬的前輩中國詩人，他的名句「您愛我們這個國家……可這個國家愛您嗎？」雖然不是詩，但我數十年不時會想起。我對這位《苦戀》作家的尊重，一如我對這次幫我寫序的溫任平老師的尊重——溫老師，是我十幾歲在馬來半島文學啟蒙時期的偶像作家，近十年來，網路發達，我們往來密切，他在二〇一四年七十高齡領導天狼星詩社風雲再起，令人敬佩萬分！詩齡超過半世紀的詩人，古今中外非常稀有，能請到他幫《江山剩此樓》寫序，備感榮幸之餘，也對這份跨海、往年的友誼，十分珍惜。

溫老師是我心目中最重要的馬來西亞華文作家。最近我們的通訊，最常談到的一件事，就是「漢語文學的邊陲崛起」。

我出生於脫離殖民不久的馬來半島，一九八三年起，居留台灣三十八年，寫作題材絕大多數取材自台灣。到底我是馬華作家？或台灣作家？別人說不清，我自己也難分難曉。所幸我是一個無政府主義者，本來就視國家為一個歷史階段的產物，所以把我歸類為哪一國作家，我無所謂，我只在意把詩文寫好、能打動人心。

我只知道，我寫作的語文，是叫做中文、國語、普通話、華文或漢語的一種「元素文字」（或叫「象形文字」），而非拼音語文。如果最多人使用漢語的地方「中國」是中心，那麼我當然主張邊陲崛起——就像百年前美國馬克吐溫走出歐陸風情，走出一個後來以海明威為代表的、直接了當的、有別於英語的美語文學傳統。

無論是台灣、馬華或中國之外其他任何地方的漢語文學創作，我都認為時間終將讓他們走出「中華文化」的傳統包袱，獨樹一幟——我甚至認為，因為「言論自由」這麼一個簡單理由，邊陲將會（已經？）超越中心。

最早，我來台灣之前，我追隨現代主義寫詩；當時在馬來西亞，馬華文學寫實主義當道——我這是對主流叛逆。到台灣之後，台灣詩壇盛行現代主義，我則主編現實主義的政治詩刊《春風》——仍然叛逆。之後幾十年不寫詩。最近十年重新寫，我已經「不知道主義」。

我既無法忍受不知所云的晦澀，不甘悲秋傷春無病呻吟；毫無詩意、詩性，口號般的寫實，我也會反胃作嘔。

我討厭詩人們的相濡以沫，互相吹捧——
我努力賺錢，認真花錢
我活得像李白、李商隱，關心政治大於關心文學

——未完稿，詩人已於二〇二一年八月邁向下一個開始——

讀詩人150　PG2710

江山剩此樓
——陸之駿詩集

作　　者　陸之駿
整理校對　陸裔方
責任編輯　鄭伊庭
圖文排版　陳彥妏
封面設計　王嵩賀

出版策劃　釀出版
製作發行　秀威資訊科技股份有限公司
114 台北市內湖區瑞光路76巷65號1樓
電話：+886-2-2796-3638　傳真：+886-2-2796-1377
服務信箱：service@showwe.com.tw
http://www.showwe.com.tw
郵政劃撥　19563868　戶名：秀威資訊科技股份有限公司
展售門市　國家書店【松江門市】
104 台北市中山區松江路209號1樓
電話：+886-2-2518-0207　傳真：+886-2-2518-0778
網路訂購　秀威網路書店：https://store.showwe.tw
國家網路書店：https://www.govbooks.com.tw
法律顧問　毛國樑　律師
總 經 銷　聯合發行股份有限公司
231新北市新店區寶橋路235巷6弄6號4F
電話：+886-2-2917-8022　傳真：+886-2-2915-6275

出版日期　2023年2月　BOD一版
定　　價　300元

讀者回函卡

Printed in Taiwan

國家圖書館出版品預行編目

江山剩此樓：陸之駿詩集 / 陸之駿著、陸裔方整理
校對. -- 一版.-- 臺北市：釀出版, 2023.2
面； 公分. -- (讀詩人)
BOD版
ISBN 978-986-445-576-8(平裝)

851.4 110019857